인물과 명대사로 보는

정도전

鄭道傳

정도전

세상 가장 낮은 곳에서 혁명가로 다시 태어난 사나이

성균관의 학관으로 전의주부°를 겸하고 있는 신진 유학자.
본관은 봉화奉化, 자는 종지宗之, 호는 삼봉三峰°°.

부친의 대에 이르러서야 개경 땅을 밟아본 궁벽한 시골 향리 가문 출신
이다. 그래도 마냥 꼿꼿하다. 고집, 엄청 세다. 표정이며 행동거지며 여
유보단 경직과 강박이 느껴지는 사내다. 유학은 물론 병법, 천문과 의술,
관상학이나 풍수에 이르기까지 잡학을 두루 섭렵했다. 심지어 불교와
도교에도 조예가 깊다. 유학자인 그가 석가와 노장을 공부한 이유는 명
쾌하다. 이단에 맞서 싸우기 위해서는 이단을 알아야 하기 때문이다. 그
는 입버릇처럼 말하곤 했다.
"이단을 배격하는 것을 평생의 업으로 삼았다."
스님만 보면 입맛이 달아나고, 맘 같아선 도성 내에 사찰이란 사찰은
싸그리 불태워 버리고 싶은 사람. 초강성 성리학 근본주의자, 그가 정도
전이다. 근본주의는 보통 지적 성숙이 부족해서 비롯되는 것이지만, 간
혹 정도전처럼 지적으로 완성된 근본주의자들이 나타나곤 한다. 이 경
우 십중팔구 '결핍' 때문이다. 정도전을 근본주의자로 만든 결핍은 혈통
이다.
그는 공민왕 대에 청백리로 명성이 높았던 정운경과 우 씨 사이에서 3남

°   왕실의 제사를 관장하고 왕의 시호나 묘호를 제정하는 일을 담당하는 관청, 전의시의
      정6품 관리.
°°   삼봉이라는 호는 단양의 도담삼봉에서 차용한 것이라는 설과 그의 옛집인 개경 부근
      의 삼각산에서 차명한 것이라는 설이 있는데 본 드라마에서는 그가 꿈꾸는 이상향의
      모습을 형상화한 단어로 본다.

1녀 중 장남으로 태어났다.° 그의 이름 '도전'은 유학자이던 부친이 '후세에 도를 전할 큰 인물이 되어라'라는 뜻으로 지어준 것이다.

정도전의 부친 정운경은 봉화의 향리 가문의 아들로 태어나 자수성가하여 형부상서까지 이르렀던 인물이다. 늘 낡아빠진 염의를 입고 다녀서 사람들은 그를 '염의 선생'이라고 불렀다. 그는 청년 시절, 글공부를 마치고 고향으로 가던 중 단양에서 부상을 입는다. 그때 우연히 한 여인의 도움을 받아 초가에 유숙하게 되는데, 그 여인이 바로 정도전의 모친 우씨다. 정운경은 단아하고 기품 있는 우 씨를 사랑하게 된다. 그러나 우씨의 어미가 사실 부친의 가노였다는 이야기를 듣고 충격을 받는다. 그렇지만 사랑을 버릴 순 없었다.

노비의 피가 섞이긴 했으나 어엿한 지방 사족의 호적에 올라 있는 우 씨가 아니던가. 고향인 봉화에서 향리로 평범한 생을 마치든, 중앙 정계에 진출하여 개경에서 살든 우 씨 혈통의 내력은 아무런 문제가 되지 않을 것이라고 생각했다. 그러나 세상에 비밀은 없고 소문은 끈질겼다. 청백리 정운경을 질투하는 세력들에 의해 우 씨의 비밀이 암암리에 퍼져나갔다. 그 소문이 아들의 귀에 들어가기까지는 그리 오랜 시간이 필요하지 않았다.

『명심보감』에 『소학』을 떼면서 공맹의 가르침에 눈을 떠가던 소년 정도전은 이런 사실 앞에 하늘이 노래지는 기분이었다. 자신의 혈관을 흐르

°   정도전의 출생지는 확실하지 않다. 충청도 단양, 경상도 봉화, 영주, 경기도 양주설 등 다양하다. 출생 당시 부친 정운경은 홍복도감의 판관을 지내고 있었으므로 개경에서 출생했을 가능성도 있다. 그러나 대개 외가에서 출생하는 관례를 따랐다면 충청도 단양일 가능성도 높다. 출생지와 상관없이 그가 성장한 곳은 개경 부근이 분명하다. 그는 유년기에 개경 동남방의 삼봉 혹은 삼각산에서 살았다고 한다. 삼봉 혹은 삼각산은 지금의 북한산 부근일 가능성이 크다. (『왕조의 설계자 정도전』, 한영우, 지식산업사, 28~29p) 본 드라마에서는 정도전의 출생지를 특정하지 않고 어린 시절부터 개경에서 성장한 것으로만 설정한다.

는 피의 절반은 천한 노비의 것이었다니……. 적서의 차별까진 없던 시기라 하나 때는 귀족사회의 화려함이 절정을 이루던 고려 말기가 아니던가. 사람의 됨됨이에 앞서 어느 가문, 누구 핏줄이냐가 우선시되는 시대였다. 또한 부모 중 한 명이 천민이면 자식은 무조건 천민이라는 일천즉천一賤則賤의 원칙이 서슬 퍼렇게 살아있는 시대였다.

소년은 불안해졌다.

이런 판국에 형설지공이 과연 무슨 의미가 있을까? 과거에 급제한들 고신告身°이나 받을 수 있을까? 어쩌면 묻혀있던 비밀이 백일하에 드러나 출사의 길이 영영 막혀버리지는 않을까? 출사한들 '청요직'은 언감생심이 아닐까? 그때부터 소년은 자꾸만 입을 닫았다.

사람들을 향해 담을 높이 쌓아 올리고 한사코 책만 파고들었다. 천출의 트라우마는 소년을 결벽에 가까운 완벽주의자로 몰아간다. 소년은 아무도 혈통의 의문을 느끼지 못할 정도의 지고의 인격체가 되고 싶었다. 소년은 주술에 걸린 듯 자기 자신을 몰아갔다.

완벽하라, 완벽하라, 완벽하라……!

성균관의 독불장군

그렇게 자라 유자의 도리란 도리는 혼자서 다 지키는 것 같은 바른 생활 사나이가 됐다. 과도하게 진지하고 도무지 예외란 것을 인정하지 않는다. 그래서 무척 재미없는 사람이다. 지적이든 물질적이든 사치다, 넘친

° 관원에게 품계와 관직을 임명할 때 주는 임명장.

다 싶은 짓거린 일절 하지 않는다. 술도, 여자도 멀리했다. 그러다 보니 사람들까지 멀어졌다.

사람들이 멀어진 자리엔 무성한 뒷말만 남았다. 혼자 잘난 척한다는 비아냥거림에서 천출이 글 좀 읽더니 눈에 뵈는 게 없다는 극언까지 나돌았다. 아무리 숨기고 외면하려 해도 그의 혈통에 관한 소문은 끈질기게 고개를 내밀었고, 그가 빌미를 주지 않으려 노력할수록 목을 졸라왔다. 그의 면전에서만 회자되지 않을 뿐 유생들 사이에 그의 천출설은 기정 사실이 되어 있었다.

각고의 노력 끝에 출사를 하고 당당히 조정의 일원이 되었으나 이 빌어 먹을 500년 귀족사회는 자신에게 주류의 자리 한 뼘도 내어주지 않았다. 재추의 반열에 올라 경국의 뜻을 펴리라는 보장은 어디에도 없었다. 세력도, 배경도 없는 천상 비주류였던 그는 언행에 모가 나고 전투적인 사람이 됐다.

뭐든 예에 어긋나 이치에 맞지 않으면 그냥 넘기지 못하고 울컥해 버린다. 손윗사람에겐 완곡하게라도 정곡을 짚고, 아랫사람에겐 당장 불호령을 내렸다. 손윗사람은 불편해하고, 아랫사람은 무서워했다. 요즘 같았으면 분명 '꼰대'라 불렸을 독불장군에 호랑이 학관이 바로 정도전이다. 선배 중 그를 아끼는 유일한 사람이었던 박상충은 덕불고 필유린德不孤 必有隣이라면서 덕을 베풀어 사람을 만들라 충고한다. 깨끗한 물에는 고기가 들지 않는다는 말도 어김없이 덧붙였다. 그러나 제 잇속에 따라 몰려다니는 잡스러운 고기들 따위 없어도 그만이다.

그는 그렇게 조금은 아니, 많이 외로운 사람이다. 하지만 독불장군 아웃사이더 정도전에게도 막역지우는 있었다. 그의 비통함과 울분을 누구보다 잘 이해해 주고, 눈빛만 봐도 뜻이 통하는 사람. 하늘 아래 하나뿐인 진정한 벗, 천재 유학자 정몽주.

평생의 벗, 정몽주를 만나다

그와 정몽주의 인연은 공민왕 초기로 거슬러 올라간다. 그는 십 대 중반 무렵 당대 최고의 유학자인 이색의 학당에 들어가 본격적으로 유학을 공부했다. 이색은 원나라의 제과에 합격하고 천조(원의 조정)의 관리를 지내다 귀국한 석학이었다. 이색과 그의 문하생들은 신유학을 대표하는 사단을 구축하고 있었다.

이색의 학당은 언제나 가르침을 청하는 사람들로 인산인해를 이루었다. 이곳이 공전의 인기를 누렸던 것은 현실적인 이유 때문이다. 이색은 과거를 주관하는 지공거°를 단골로 맡는 인물이었으므로 이색의 문하생이 되는 것만으로 출세의 가능성이 커졌다. 심지어 문음으로 출사가 보장된 권문세족의 자제들까지 이색의 제자라는 명예를 얻고자 앞다퉈 학당에 들어왔다. 한마디로 행세 좀 하는 집안의 영재들이 모인 학교였다. 여기에 별 볼 일 없는 집안의 정도전이 입학할 수 있었던 것은 부친 정운경이 이색의 부친 이곡과 절친한 벗이었기 때문이었다.

그는 이색의 문하에서 박상충, 이존오, 이숭인, 김구용, 윤소종 등과 함께 공부했다. 그의 총명함과 열정은 동문은 물론 스승 이색마저도 탄복할 정도였다. 그러나 정도전은 학당에서의 생활이 즐겁지만은 않았다. 그는 동문들과 쉽게 동화되지 못했다. 호불호가 분명하고 고집이 센 성

°   고려시대 과거시험을 주관한 책임관리.

격 탓도 있었겠지만, 윤소종 정도를 제외하고는 대부분 권세가의 자제들이었던 동문들의 문화적 차이에서 기인한 바가 컸다.

정도전에게 그들은 우월감과 선민의식으로 가득한 귀한 집 도련님들로 보일 뿐이었다. 품행은 하나같이 세련되었고, 학문 경향은 지극히 낭만적이었다. 입으로는 반원 독립을 외치면서도 원의 문화를 동경하고 몽고풍에 젖어든 이들도 많았다. 또한 패거리 문화도 역겨웠다. 성균시에 급제라도 할라치면 어김없이 좌주니, 문생이니 하며 부자지간처럼 붙어 다녔다. 그게 배경이 됐고, 세력이 됐기 때문이다. 그들의 문화에 섞여 들어가기에 그의 자존심, 아니 콤플렉스가 너무 컸다.

그렇게 외톨이가 되어가던 무렵, 평생의 벗을 만나게 된다. 3년의 여묘 살이를 마치고 학당으로 돌아온 이색의 수제자, 몽룡……. 훗날의 포은 정몽주였다.

문생들의 좌장, 정몽주를 대면한 정도전은 그의 호방하고 티 없이 맑은 행동에 깊은 인상을 받는다. 마음 한편에서 강렬한 승부욕이 일었다. 스승은 물론 문생 모두의 신뢰를 한몸에 받는 그를 꺾고 싶은 마음 말이다. 정몽주에게 각촉부시°를 청했다. 정몽주는 왠지 이 당돌한 소년이 싫지 않았다. 평소의 그답지 않게 시합에 응했던 것은 그래서였다. 결과는 정도전의 참패. 정도전에게는 난생처음으로 겪은 패배였지만, 깨끗이 승복했다. 정몽주는 그런 정도전을 눈여겨본다. 천출이란 소문은 들어서 알고 있었지만, 그에겐 아무런 문제도 되지 않았다. 모범생인 자기와는 다른 아픔을 가진, 그 아픔을 뜨거움과 치열함으로 극복하려는 소년, 정도전의 진심이 아프고 예뻤다.

°   고려·조선시대에 정해진 시간 안에 시를 짓게 하던 시합. 촛불을 켜놓고 초가 타 내려가는 일정 부분에 금을 새겨 그 시간 안에 시를 짓게 하는 일종의 경시대회이다.

정도전 역시 정몽주가 좋았다. 정몽주는 그가 여태껏 보아왔던 겉만 번지르르한 도련님들과는 달랐다. 속이 더 곱고 맑은 사내였기 때문이다. 둘 사이엔 나이를 초월한 우정이 생겨났다. 다섯 살 차이의 두 사람은 망년지교를 맺고 평생의 벗이 되었다. 함께 있을 땐 거문고를 타고 공맹의 이치를 논하며 격동하는 조국 고려의 미래를 걱정했다. 헤어져 있을 때는 상대방에 대한 그리움을 시로 적어 보냈다. 이때만 해도 훗날 서로의 운명이 어떻게 엇갈릴지 두 사람은 알지 못했다.

정몽주가 천재라면 정도전은 노력가다. 정도전에 대한 정몽주의 우정이 아가페적이라면 정도전의 그것은 조금 복잡하다. 모차르트를 바라보는 살리에리의 그것을 닮았다. 모든 것을 다 가진 천재에 대한 동경과 열등감. 고려의 모범생, 고려의 주류가 상찬해 마지않는 정몽주를 넘어서고 싶은 욕망이 오늘의 그를 만들었다고 해도 과언이 아니었다. 세상에 콤플렉스만큼 강력한 동기부여는 없는 법이다.

고려의 버림을 받고 혁명을 꿈꾸다

천출이라는 트라우마와 싸우다 자신을 극한으로 몰아간 외골수. 가진 재주에 비교해 출세도 늦고, 세력도 없고, 미래의 희망도 불투명한 비주류. 그런 정도전의 인생에 일대 격변이 휘몰아치게 된다. 자신을 신임했던 두 얼굴의 군주, 공민왕의 갑작스러운 죽음으로…….

그는 신진사대부 동지들과 의기투합하여 역사의 시계를 거꾸로 돌리려는 이인임의 권문세족 세력과 맞섰으나 참담한 패배를 당했다. 정도전은 머나먼 남쪽 나주의 거평 부곡으로 유배되었고, 정몽주 등 여러 동지도 뿔뿔이 흩어졌다. 이후 동지들은 하나둘 정계에 복귀하여 뜻을 펴나 갔으나, 정도전만은 끝까지 나라의 부름을 받지 못했다. 무려 10년에 걸쳐 유배와 유랑의 생활이 이어졌다. 유독 정도전만 이런 시련을 겪어야 했던 이유 역시 그가 주류 출신이 아니었기 때문이다. 고려는 정도전을 버렸고, 정치적 생명이 끊긴 채 잊혀 갔다.

정도전은 그 혹독한 시기에 성균관과 조정에선 배우지 못한 백성들의 진솔한 삶과 만났다. 그는 민초들의 삶과 정신을 내면화해 나갔다. 다른 한편으로 그는 도덕을 강조하고 체제 개량을 중시하는 정통 성리학에서 자신을 해방시켰다. 그는 백성들의 처절한 목소리와 이상사회의 비전을 성리학이라는 이념적 그릇에 녹여내어 혁명의 사상적 토대로 삼았다.

그는 출신의 한미함에 절망하고 서생의 무력함을 자조하는 대신 자신의 역사적 소명을 찾아내어 투신했다. 천명天命이 역성혁명에 있음을 깨달은 그는 백성의 존경을 한몸에 받던 무장 이성계를 찾아간다. 이 역사적인 만남이 조선을 잉태했다.

고려가 버린 아웃사이더, 정도전은 이성계의 킹메이커가 되어 역사의 무대에 화려하게 복귀한다. 그리고 수구 권신은 물론 스승 이색, 평생의 벗 정몽주까지 정적으로 돌려세우며 비타협적인 투쟁을 전개해 나간다.

칼이 아닌 정치로서 혁명을 이루고자 했던 '대(大)정치가'

정도전은 무력에 의한 왕조 찬탈이 아닌 정치 행위의 결과로써 '선양禪襄°'

° 임금의 자리를 물려줌.

에 의한 평화적인 왕조 교체를 도모했다. 성리학자이자 탁월한 정치가였던 그는 무혈혁명만이 역성의 정당성과 조선의 정통성을 인정받고 나라를 반석 위에 올릴 수 있는 첩경이라 믿었다.

그의 이러한 혁명 프로세스는 정몽주의 저항과 이방원의 거사 등 예기치 않은 변수들로 인해 미완의 성공을 거두게 되지만, 유례를 찾아보기 힘든 평화적인 절차에 의해 왕조가 교체된 것만은 부정할 수 없는 사실이다.

정도전은 단순히 역성혁명을 모의, 주도하는 데 그치지 않고 새로운 국가의 제도적 청사진을 제시한 신문명의 설계자이기도 했다. 그는 조선 건국의 이론적인 바탕을 구축하고 재상 정치를 근간으로 하는 중앙집권적 관료 체계의 기반을 확립하였다. 『조선경국전』과 『경제문감』을 통해 국가 통치의 기초를 다지고 『불씨잡변』을 지어 성리학을 국가 지배이념으로 확립하였다. 한양 천도, 사병 혁파 등 조선의 500년 왕업의 기틀이 그의 손에서 만들어졌다.

이처럼 혁신적인 사상하에 건국의 과업을 이룩한 그였지만 말로는 비참했다. 정적, 이방원의 칼에 57세를 일기로 비운의 죽음을 맞은 것이다. 재상 중심의 관료정치라는 확고한 신념으로 일관했던 그에게는 왕실의 반역자라는 죄가 덧씌워졌다.

정도전은 이렇게 역적의 오명을 쓰고 죽었지만, 그의 철학과 사상은 면면히 살아남아 조선왕조를 지탱하는 힘이 되어주었다. 그의 통치 사상은 후일 성종 대의 『경국대전』의 모태가 되어 만세에 전할 불변의 법전이 되었다. 그리고 500년이 지난 고종 대에 이르러 그는 마침내 역적의 누명을 벗고 정치적으로 복권된다. 살아서는 불과 6년을 다스렸을 뿐이지만 죽어서 조선왕조 500년을 지배한 영웅, 그가 정도전이다.

"백성이 가장 귀하고, 사직이 다음,
군주는 가장 가벼운 것이라 했습니다.
해서 백성의 고통이 가장 중요한 것입니다."

정도전

2회 · 백성의 고통을 무시하고
영전 공사를 강행하는 공민왕에게

"눈에 보이지 않는다고 해서 없는 것은
아니지요. 가시가 언젠가 단검이 돼서
돌아올 것입니다."

정도전

5회 · 귀양을 가는 길, 눈엣가시가 빠져
개운하다며 비웃는 이인임에게

"맹자께서 말씀하시기를
불위야 비불능야라 하셨다.
하지 않는 것이지, 하지 못하는 게
아니라는 뜻이니라."

정도전
7회 ▪ 글공부에 자신감이 없는 열등에게

"배워라. 배우면 너의 소원을
들어주는 것이 돌탑이 아니라
너 자신이라는 것을 깨닫게 될 것이다."

정도전
7회 ▪ 돌탑에 소원을 비는 업둥에게 글공부를 제안하며

"네 죄가 아니다.
백성의 목숨조차 지키지 못한
이 빌어먹을 나라의 죄다."

정도전
13회 • 살기 위해 왜군의 길잡이가 되어버린 천복을 보며

"나의 대의는 아주 평범한 것이네.
백성들 앞에 놓인 밥상의 평화."

정도전
13회 ▪ "자네의 대의는 무엇인가?"라는 정몽주의 질문에

"남을 속이려면
먼저 자기 자신을 속이라고
말했습니다."

정도전

18회 ▪ 대업을 위해 이성계에게
이인임의 당여가 되라고 말하며

"힘을 앞세워 폭력 위에 세워진 나라는
곧 망합니다. 정통성이 없기 때문이지요.
허나 덕을 앞세워 백성의 마음 위에
세워진 나라는 천년을 갑니다."

정도전

18회 ▪ 역성혁명을 하면 많은 사람이
죽어야 하지 않느냐는 이성계의 물음에

"싸움에서 가장 긴장해야 될 순간은
이겼다 싶을 때니라.
…해서 지금이 위기다."

정도전
21회 ▪ 이인임을 벌하지 않고 관용을 베푸는 최영을 보며

"위중한 사안일수록
스스로 결정해야 하느니라.
그래야 미련이 남지 않는다."

정도전
26회 • 회군을 망설이는 이성계를 직접 설득해 달라는 말에

"용상에만 앉아있으면 군왕이라 하던가?
'인'과 '의'를 지켜야만 비로소 군왕일세.
'인'과 '의'를 해치면 군왕이 아닌 도적일세.
도적놈을 용상에서 끌어내리겠다는 게,
그게 그렇게 큰 죄인가?"

정도전

28회 ▪ 우왕의 폐위에 대해 정몽주와 의견을 다투며

"사람은 모름지기 부모가 아니라
그 시대를 닮는다 하였습니다.
그 빌어먹을 난세를 닮아서
이리된 것이지요."

정도전

"도망친다고 피할 수 있는 고통이었다면
소생 역시 진작에 도망쳤을 것입니다.
이 고통을 종식시킬 수 있는 것은,
고통 한가운데로 가 싸우는 것뿐입니다."

"스승님께서는 지키십시오!
소생은 부술 것입니다!"

정도전

"군주의 권위와 힘을 갖지 못한 자가
용상에 앉아있는 것은
모두에게 비극이네."

정도전
34회 • 정몽주에게 역성의 의지를 드러내며

"산다고 다 사는 것입니까.
사람답게 살아야지요.
그것이 우리가 이루고자 했던
대업이었습니다."

정도전
41회 • 옥새를 거부하는 이성계를 설득하며

"임금을 위한 나라를 꿈꾼다면
개소리일 것이고,
백성을 위한 나라를 꿈꾼다면
진리일 것이옵니다."

정도전

44회 • '재상정치'에 대한 소신을 개소리라고 말하는 이성계에게

"이 나라의 주인은 백성이다."

정도전
50회 ▪ 나라의 주인은 군왕이라 말하는 이방원에게

"저마다의 가슴에
불가능한 꿈을 품어라!
이것이 바로 그대들의 대업!
진정한 대업이다!"

정도전

50회 ▪ 마지막 장면, 장졸들에게 연설하며

李仁任

이인임

"정도전과 이성계... 고려가 망한다면 이 두 사람 때문일 것이다!"
수구파의 태두이자 정치 9단의 원조

수문하시중. 광평부원군.
본관은 성주星州, 시호는 황무荒繆.
성산군 이조년의 손자로 고려의 권문세족을 대표하는 인물이다.

"난세가 반드시 나쁜 것이오? 어찌 보면 난세야말로 진정 기회의 시대
이지 않소?"
가슴 깊이 경도된 사상이 없어서일까? 역발상의 자유로운 사고를 할 줄
아는 인물이다. 음서로 관직에 진출한 그는 사상의 깊이보다는 탁월한
정치 감각과 테크닉으로 재상의 반열에 올랐다. 이런 맥락에서 등장인
물 중 현대의 정치인을 가장 많이 닮은 인물이다.
몽고풍의 문화에 깊이 심취한 인물. 당대 최고의 바둑 고수로 그의 숱
한 정치적 묘수는 바둑에서 영감을 얻은 것들이다. 관직을 시작할 때만
해도 난세엔 최대한 발톱을 숨겨야 오래 살아남을 수 있다고 봤다. 그
래서 자신의 색깔이나 노선을 드러내는 것을 꺼렸다. 그러다 보니 평범
한 존재감의 무색무취한 관료라는 평판이 붙었다. 정적도 없고, 견제도
없었다. 그렇게 그는 그 흔한 낙마 한번 없이 문하시중의 자리에까지 오
른다.
하지만 1374년 봄, 생애 첫 시련을 겪게 된다. 특별한 대과도 없이 갑자
기 파직을 당한 것이다. 이유를 따져 물을 수도 없었다. 말년의 공민왕
에게 이유를 묻는다는 건 부질없는 짓이었다. 딴에는 왕과 사직을 위해
헌신했다고 생각했는데 왕의 한마디에 헌신짝처럼 내버려졌다. 결국 한

나라의 재상이란 것도, 그가 평생을 걸쳐 꾸어왔던 꿈이란 것이 이토록 보잘것없는 것이었단 말인가. 생각해 보니 이토록 허망한 인생도 없다 싶었다.

와신상담의 그는 몇 달 후 수시중으로 복귀한다. 명나라 사신의 횡포로 문하시중 염제신이 유배를 가게 되자 새롭게 문하시중이 된 경복흥이 그를 천거한 것이다. 생채기 난 가슴을 억누르며 애써 마음을 다잡고 묘당에 나아갔다. 심기일전 재상으로서의 본분을 다하려 했다. 그런데 공민왕이 난데없이 용퇴를 촉구해 왔다. 한 번은 몰라도 두 번은 받아들일 수 없었다. 이인임은 버텼고, 왕은 용퇴하지 않으면 탄핵이라고 했다. 죽인다는 얘기와 다름없었다. 절치부심하는 이인임의 마음속에서 그동안 꼭꼭 숨겨두었던 발톱이 자꾸만 솟아올라 왔다. 앉아서 당하느니 뭔가를 도모하고 싶다는 욕망…….

그런데 얼마 후 공민왕이 거짓말처럼 죽어버렸다. 왕의 붕어를 접한 이인임은 비로소 결심한다. 공민왕 이후의 세상에선 자신이 세상을 주물러 보자. 왕씨로 태어나지 않은 이상, 왕 노릇은 못 해먹겠지만 왕보다 더 강한 자가 되면 되지 않은가? 그의 눈에 열 살짜리 모니노가 들어왔다. 허수아비, 왕조차 아들임을 확신하지 못한 왕자. 그의 입가에 회심의 미소가 번진다. 간웅, 이인임은 그렇게 탄생했다.

정도전의 정치적 생명을 끊다

현실과 사람을 꿰뚫어 보는 심안을 가졌다. 지위고하를 막론하고 존대를 하고 자신을 낮춘다. 진정한 처세의 달인이자 용인술의 천재다. 통도 크고 손도 크고 배팅도 할 줄 아는 매력적인 인물이다. 기질상 전혀 어울리지 않을 것 같은 최영과 10년 넘게 연립정권을 유지할 수 있었던 것도 그래서다.

부정축재와 권력의 맛을 탐닉했던 그이지만 고려에 대한 진정성까지 저버린 사람은 아니었다. 그 또한 나름은 최선을 다해 기울어가는 고려의 국운을 되살리고자 했다. 그가 선택한 노선은 친원 복고, 수구주의 노선이었다.

그가 정권을 잡는 동안 아무도 그의 적수가 되지 못했다. 기회만 있으면 자신을 탄핵하려는 성균관의 신진사대부조차 그에겐 위협이 되지 못했다. 성균관의 유생들은 목소리만 클 뿐 정치적으론 순진한 서생들일 뿐이었다. 의리에 살고 명분에 죽으려는 사람들이기에 예측 가능하고 통제가 쉬웠다. 그러나 단 한 사람, 정도전은 예외였다.

이인임은 천출의 어미를 두었다는 풋내기 관료 정도전을 보면서 마음 한구석이 저릿할 정도의 위기감을 느낀다. 주자의 가르침을 앵무새처럼 외치는 다른 유생들과 정도전은 사뭇 달랐다. 거침없고 강직한 겉모습 때문이 아니라, 정도전의 내면에서 끓고 있는 욕망의 불덩이를 간파한 것이다.

욕망을 가진 성리학자. 이인임이 보기에 그만큼 불온한 싹도 없지 싶었다. 더욱이 그는 자신이 선왕의 유지를 조작하여 우왕을 왕위에 올렸음을 눈치채고 있었다. 함께할 수 없다면 버려야 했다. 그는 정도전을 멀리 나주로 내친 뒤 정치적 생명을 끊어버린다. 정도전은 이인임의 블랙리스트에 등재되어 관직 진출의 길이 막혀버린다.

니체가 설파했던 것처럼 정치가 이인임에게도 인간은 딱 두 부류였다. 하나는 적, 다른 하나는 도구. 정적은 과감히 숙청하고 통제 가능한 사람들은 철저히 도구로 활용했다. 경복흥, 지윤이 그래서 죽었고 최영, 정몽주, 이색은 그래서 함께할 수 있었다.

그런 그도 처치 곤란한 인물이 있었으니, 바로 이성계였다.

자기의 통제권에 들어오지 않는 최강의 장수.

그가 보기에 이성계는 능히 왕조를 찬탈할 능력과 조건을 갖춘 자였다. 할 수만 있다면 이성계를 베고 싶은 것이 그의 진심이었다. 하지만 하루가 멀다고 외적들이 침노하는 상황이 아닌가. 고려를 위해 이성계를 죽이면 고려가 위태로워지는 역설……. 이인임은 고민 끝에 정몽주를 이성계에게 붙인다. 정몽주가 그의 곁에 있는 한, 고려는 안전할 거라고 믿었다. 그의 판단은 정확했다.

그러나 천하의 이인임조차 생각지 못했던 변수가 있었다. 세월이 흐르면서 그의 뇌리에서 점차 잊혀 갔던 사내, 정도전 말이다. 갖은 노력에도 불구하고 이인임의 우려는 고려의 변경 함주의 막사에서 현실이 되어가고 있었다.

이성계와 정도전의 결합, 고려 최악의 시나리오 말이다.

"만두 한 쪽이라도
얻어먹을 수 있다고 믿는 자는
만두 접시를 노리지 않으니까요.
구걸에 맛을 들인 자는
절대 대들지 못합니다."

이인임

1회 ▪ 거지들이 도적이 되기 전에
도성 밖으로 내보내자는 말에

"정치에 선물이란 건 없네.
혹시 모를 나중을 위해 주는
뇌물이 있을 뿐."

이인임
1회 • 신진사대부의 큰 스승 이색에게
인삼을 전해달라 하며

"힘없는 자의 용기만큼 공허한 건 없지요.
세상을 바꾸려거든 힘부터 기르세요.
고작 당신 정도가 떼를 부린다고
바뀔 세상이었으면,
난세라 부르지도 않습니다."

이인임

"상투를 잡은 아이는
매부터 쳐야 합니다.
떡은 울 때 줘도 늦지 않습니다."

이인임

1회 ▪ 영전 공사로 사나워진 민심을
수습해야 한다는 경복흥에 맞서며

"정치하는 사람에겐
딱 두 부류의 인간이 있을 뿐이네.
하나는 적 그리고 다른 하나는
도구."

이인임

"엎질러진 물은 주워 담을 수 없으니
새로운 물을 따를 수밖에요."

이인임

4회 ▪ 명나라와의 관계가 위험해지자
북원과 손을 잡자고 제안하며

"의혹은 궁금할 때 하는 게 아니라
상대를 감당할 능력이 있을 때
제기하는 것이오."

이인임

4회 ▪ 김의를 사주한 배후로
이인임을 의심하는 정도전에게

"답답하다고 먼저 찾아가서야 쓰나.
상대가 찾아오게 만들어야지.
타협은 그리하는 것일세."

이인임

5회 · 외교 문제로 신진사대부와 맞서 칩거를 하며

"전장에서 적을 만나면 칼을 뽑아야 하지만
조정에서 적을 만나면 웃으세요.
정치하는 사람의 칼은 칼집이 아니라
웃음 속에 숨기는 것입니다."

이인임

11회 • 도당에 입성한 이성계를 무시하며

"궁지로 더 몰아넣으세요.
사람의 진면목은
그때 더 드러납니다."

이인임
12회 • 삼봉재를 부수자 쉽게 항복하는 정도전을 의심하며

"내가 원하는 사람은 남이 아니라
자신을 위해서 무릎을 꿇는 사람이오.
그런 사람은 밥만 제때 주면
절대 주인을 물지 않거든요."

이인임

14회 ▪ 업둥을 구하기 위해
이인임의 당여가 되겠다는 정도전을 거절하며

"권세를 오래 누리고 싶으면
내 말을 명심하세요.
권좌에 앉아있는 사람은
딱 한 사람만 다스리면 됩니다.
자기 자신."

이인임

15회 ▪ 매점매석으로 재물을 불린 임견미에게 경고하며

"정적이 없는 권력은 고인물과 같소이다.
권세와 부귀영화를 오래 누리고 싶다면
정적을 곁에 두세요."

이인임

19회 • 최영과 조반을 처단하자는 임견미에게

"하루 먼저 죽는 것보다
권력 없이 하루를 더 사는 것...
나는 그게 더 두렵네."

이인임

37회 ▪ 권력 이전에 건강부터 돌보라는 하륜의 말에

"산은 하난데
호랑이 두 마리가
살 수 있겠는가?"

이인임

22회 • 최영과 이성계의 사이가 틀어질 것을 예상하며

"정치에서 서열은
딱 두 가지뿐입니다.
실세와 허세."

이인임

28회 • 조민수가 이성계보다 관직 서열은 더 높다고 말하자

"그대는 아직 괴물이 아니오.
허나 이제 진짜 괴물이 되겠지.
정치에서 괴물은 과도한 이상과 권력이
합쳐질 때 탄생하는 것이니까."

이인임

30회 ▪ 유배를 가는 이인임에게 찾아온 정도전에게

鄭夢周

정몽주

지조와 절개의 화신으로 죽은 마지막 고려인

이색의 수제자이자 신진사대부의 좌장.
본관은 영일迎日, 자는 달가達可, 호는 포은圃隱, 시호는 문충文忠.

그는 한마디로 잘난 사람이다. 고려의 우수한 유전인자를 모두 물려받은 것 같은 사내다. 약관의 나이에 스승 이색의 학문을 훌쩍 뛰어넘은 국내파 천재로 공민왕 9년의 과거에서 초장, 중장, 종장 삼장의 장원을 독식하며 화려하게 출사했다.
밝고 담대한 기질에 귀공자의 풍모를 가졌다. 언행은 광명정대하고 얼굴엔 늘 여유로운 미소가 떠나지 않는다. 언제나 자신감에 찬 부드러운 카리스마로 좌중을 압도하면서도 맑고 진솔한 모습으로 사람의 마음을 이끈다. 역지사지가 몸에 배어 상대방을 이해하고 진심으로 대하여 주변에 적도 없다. 자타공인 차차기 고려의 문하시중°감이다.
어려서부터 글을 보면 절로 외워지고, 생각하면 이치가 절로 꿰어졌다. 경전의 주석서라곤 『주자집주』 정도가 고작이던 당시, 그는 독창적이고 체계적인 해석으로 주변을 탄복하게 했다. 그의 학문은 이미 중국 명유들의 경지를 넘어서 있었다. 스승 이색은 정몽주를 보며 이렇게 말하기까지 했다.
"몽룡(몽주의 아명)이는 횡설수설이라도 이理에 닿지 아니함이 없다."

°　고려시대 종1품 수상직.

박제된 천재 정몽주, 정도전을 만나다

그런 그에게도 그늘은 있었다. 어린 나이부터 주변의 기대를 한몸에 받아온 모범생의 고충 말이다. 끝 모를 칭찬과 때 이른 명성이 혼란스러웠지만 어떻게든 기대에 부응해야 했다. 그렇게 소년의 천진함과 자유를 박탈당한 어린 시절을 보냈다.

모범생의 삶에 회의감이 찾아들던 즈음, 만난 사람이 정도전이다. 부친의 여묘살이를 마치고 학당으로 돌아갔을 때, 처음 보는 소년이 대뜸 각촉부시를 청해오는 것이 아닌가? 평소 존경하던 염의 선생의 아들이라고 했다. 소년의 맹랑함이 왠지 싫지 않았다.

승부는 싱겁게 끝났다. 어차피 다섯 살의 나이 차, 승리는 당연한 것이었다. 시합 내내 시작보다는 마주 앉은 정도전에게 더 집중했다. 반항기 가득한 표정으로 가슴 속에 무언가 뜨거운 것을 담고 있는 아이.

학당에선 외톨이라고 했다. 소년의 어미가 천출일지도 모른다는 풍문도 들려왔다. 하지만 혈통 따위야 아무래도 좋았다. 그는 정도전이 편했다. 적어도 정도전은 자기 앞에서 입에 발린 칭찬 따위 늘어놓지 않았다. 소신대로 행동했고, 하고 싶은 말은 거리낌 없이 내뱉었다.

스승이라 해서, 동문이라 해서, 적당히 넘어가거나 의견을 바꾸는 법이 없었다. 그런 정도전이 박제된 천재, 정몽주에게는 살아있는 사람처럼 보였다. 사람들이 좋아하는 '정몽주', 사람들이 원하는 '정몽주'가 되기 위해 살다 보니 정작 진정한 자신의 모습은 무엇인지 스스로 묻고 또 묻던 그때, 정도전의 결기는 참신한 충격으로 다가왔다. 후일 정도전이 조심스레 형제의 예를 맺자고 청해왔을 때, 한술 더 떠 나이를 떠나 벗이 되자 했던 것은 그래서였다.

드라마의 시작 시점인 공민왕 말엽 성균사성, 경상도 안렴사 등을 거친다. 벼슬은 아직 재추에 비할 바가 아니지만, 그의 정치적 위상은 품계를 뛰어넘는다. 유림의 전폭적인 지지와 백성들의 존경이 그를 향하고 있기 때문이다. 콧대 높은 권문세족조차 정몽주만큼은 함부로 대하지 못한다. 그의 이 같은 입지는 정도전의 관직 생활에도 큰 버팀목이 되어주었다.

부모상을 입어 관직을 떠나 있던 정도전이 복직에 어려움을 겪을 때 성균관 학관으로 들어올 수 있게 만든 사람도 사실은 그였다. 고집불통 정도전이 권신들이나 유생들과 마찰을 빚으면 으레 그가 나서 사태를 수습하곤 했다.

정도전의 일이라면 발 벗고 나서는 그를 주변 사람들은 좀체 이해하지 못했다. 그러나 정몽주는 정도전이야말로 쇠락해 가는 고려를 위해 큰일을 할 재목이라고 믿었다. 철석같이.

귀양 가는 벗에게『맹자』를 선물하다

공민왕 사후 이인임의 세상이 됐다. 우왕은 허수아비였다. 원과의 국교 재개 등 반동의 조짐들이 곳곳에 나타났다. 열혈 신진사대부들과 훈구파의 충돌이 가시화되고 있었다. 성균대사성이 된 그는 정면충돌을 피하려고 노력했다. 아직 사대부들은 권신과 무장들의 상대가 되지 못한다는 게 그의 판단이었다.

하지만 앞뒤 꽉 막힌 정도전이 기어이 선봉에 나섰고 결국 이인임의 술수에 말려 유배의 철퇴를 맞았다. 멀리 남도의 끝, 나주로 기약 없는 유배를 떠나는 벗에게 그는 책 한 질을 건넨다. 『맹자』원전이었다.

將降大任於斯人也 必先勞其心志 苦其筋骨
하늘이 장차 이 사람에게 큰일을 맡기려 할 때는
반드시 먼저 그 마음과 뜻을 괴롭히고 뼈마디가 꺾어지는 고난을 당하게 한다.
– 『맹자』 고자장 中

혹독한 유배 동안 결코 청운의 뜻을 꺾지 말고 왕도정치의 높은 이상을
가다듬어 후일을 기약하자는 의미였다. 정도전을 그렇게 떠나보낸 정몽
주는 마침내 이인임과의 일전에 나선다. 신진사대부들과 함께 이인임
일파를 탄핵하려 했지만 역부족이었다. 대인배 박상충이 죽고, 신진사
대부 대부분이 조정에서 제거되었다. 정몽주 역시 언양으로 유배를 당
한다.

그의 첫 정치적 거사는 참패로 끝났지만, 정계에 복귀하는 데는 그리 오
랜 시간이 걸리지 않았다. 유배에 처한 지 1년 만에 왜국의 사신으로 임
명되어 정계에 복귀한다. 인물난에 허덕이는 고려는 정몽주를 비롯한
사대부들의 고급 두뇌가 절실했다. 그렇게 정몽주를 필두로 숙청되었던
사대부들이 하나둘씩 조정으로 돌아왔다.

하지만 정도전만은 예외였다. 1년, 2년 하던 것이 어느새 10년에 이르렀
다. 사대부 대부분은 정도전이란 존재마저 잊고 있었다. 그러나 정몽주
만은 그럴 수 없었다. 그는 뜻을 잃고 세상을 떠도는 정도전의 구명을
위해 동분서주했고, 심지어 이인임에게 고개를 숙이기도 했다. 정몽주
의 말이라면 거절하는 법이 드문 이인임이었지만 정도전에 관해서만은
요지부동이었다. 고려를 위해 정도전이 중용되어야 한다는 정몽주의 말

에 이인임은 한사코 고개만 저었다. 조정과 유림에서 정도전은 그 흔적조차 희미해져 갔다. 그는 애간장이 타들어 갔다.

그 무렵 야인, 정도전은 역성혁명이라는 엄청난 구상을 다듬어가고 있었다. 이 불온한 계획은 과거 그가 정도전의 귀양길에 건네주었던 맹자에서 비롯되었다. 귀양에서 돌아오면 함께 힘을 합쳐 고려를 재건하자는 뜻으로 전달한 맹자였으나 정도전은 거기서 전혀 다른 메시지를 찾아냈다. 민심이 버린 임금은 바꿀 수 있다! 민심이 떠난 왕조는 무너뜨려야 한다! 정도전이 발견한 천명은 바로 역성혁명이었다.

권모술수를 모르는 정치가이자
친명파의 기수, 외교의 달인

온화한 성품처럼 정치 노선도 화합을 중시하는 온건주의를 지향한다. 그래서 후일 정도전은 새 왕조의 첫 재상으로 자기가 아닌 정몽주를 점찍어 두고 있었다. 하지만 그는 두 왕조를 섬기는 것을 오욕이라 여기고, 침몰하는 고려와 함께 순장되는 쪽을 택한다.

애국, 대의, 정의, 충성은 정몽주가 추구하는 정치의 가치다. 이런 순수한 정치관으로 살얼음 같은 정치판을 헤쳐 나가려는 우직한 사람이다. 그러다 보니 수가 빤히 보이고 정적들에겐 참으로 요리하기 쉬운 상대다. 이인임 같은 수구파까지 좀 더 영악해질 것을 주문할 정도다.

그러나 정몽주는 한결같다. 당장은 힘들더라도 종래에는 정석과 진정성이 승리한다고 믿기 때문이다. 공자의 가르침 어디에 권모술수가 있고, 협잡이 있는가? 군자의 정치는 군자다워야 한다. 꼼수나 반칙은 소인배의 정치라고 단언하는 그.

그래서일까? 백성은 언제나 그의 편이었다. 민심을 등에 업은 자는 백만 대군을 가진 무장도 함부로 하지 못하는 법. 그래서 왕 위에 군림하는 냉혈 재상, 이인임조차도 정몽주와는 진검승부를 꺼렸다.

친명파의 기수, 외교의 달인

그는 일찌감치 친명 노선을 걸었다. 명과 북원이 대륙의 패권을 놓고 다툴 때 신생국 명과의 교류를 주장했다. 그의 외교 노선은 공민왕의 뜻과 일치했다. 그가 국제 외교무대에 데뷔한 것은 공민왕 말기인 1372년의 일이었다. 홍사범의 서장관으로 명나라에 파견된 것이다. 그런데 귀국 길에 풍랑을 만나 사신단 대부분이 익사하는 사고를 당했다. 바위섬에 표류한 그는 13일간 말다래를 먹으며 끝까지 살아남았다. 이 일로 그는 명나라 황제의 관심과 신망을 얻게 되고 점차 고려를 대표하는 외교통으로 자리매김하게 된다.

당시는 국제정세가 급변하던 14세기 후반이었다. 사신의 안전은 아무도 장담할 수 없었다. 조금만 일이 어긋나도 처형되거나 타국의 변방으로 귀양 가는 일이 비일비재했다. 이 때문에 조정에서 사신 얘기만 나오면 백관들은 너 나 할 것 없이 몸을 사렸다. 그럴 때면 어김없이 정몽주에게 사신의 특명이 떨어졌고, 그는 조금의 주저함도 없이 사행 길을 떠나곤 했다. 가면 죽는다는 주변의 만류에 나라를 위해선 죽을 때 죽어야 한다고 말하는 사람이다. 그 기개와 진정성이 교만한 중원의 황제와 왜국 군신들의 마음을 움직였다.

명 태조를 설득하여 억류된 사신을 방환시키고, 단교 직전까지 갔던 명과의 관계를 회복시키는가 하면 일본 패가대의 주장主將을 감복시켜 왜구에 끌려간 수백 명의 고려 백성을 귀환시키기도 했다. 그는 점차 대외적으로 고려를 대표하는 정치가가 되어갔다. 탄탄한 해외 인맥과 국제적 명성은 그의 정치 행보에 커다란 자산이 된다.

이성계의 제갈공명

정도전과 더불어 그가 평생에 걸쳐 믿었던 또 한 사람, 덕장 이성계다. 이성계와의 만남은 공민왕 13년으로 거슬러 올라간다.

갓 관직에 들어선 그는 이성계의 종사관으로 참전, 화주에서 여진족 삼선, 삼개를 진압했다. 겸손이 몸에 밴 이성계는 동생뻘인 정몽주를 스승 대하듯 했다. 정몽주의 눈에 이성계는 고려를 위해 하늘이 내려준 장수였다. 용맹했고, 전략은 신출귀몰했으며, 무장이 갖기 힘든 측은지심까지 충만했다. 게다가 정치와 권력에는 도무지 관심이 없었다. 그는 이성계를 진심으로 존경했다. 이성계가 있는 한 고려는 절대 망하지 않을 것이라고 믿었다.

이성계도 정몽주를 존경했다. 전투마다 정몽주와 동행하길 원했고, 후일 재상이 되었을 때는 정몽주를 천거하여 함께 도당에 나아갔다. 세상은 그를 가리켜 이성계의 제갈량이라고 했다. 하지만 이성계에게는 또 한 사람의 숨겨진 제갈량이 있었다. 위화도 회군 이후 비로소 그 모습을 드러낸 이성계의 히든카드, 정도전이었다.

고려와 함께 역사 속으로 순장되다

정도전이 이성계의 측근이었다는 것이 내심 의외였다. 왜 자기에게 터놓고 말하지 않았는지 의문도 들었지만 말수 없고 신중한 정도전이니 그다운 처사라 대수롭지 않게 넘겼다. 그저 이성계에게 정도전까지 합세했으니 고려를 위해 잘된 일이라 생각했다. 마음 한구석 찜찜함이 없지 않았지만 그렇게 믿었다.

그런데 주변에서 정도전이 역성혁명을 부추긴다는 소문이 돌았다. 믿지 않았다. 한번 믿으면 끝까지 믿는 그였다. 누구보다 주자의 도를 신봉하는 정도전이 아니던가. 더욱이 티끌만 한 사심도 없이 정명한 장수 이성계가 찬탈이라니, 있을 수 없는 일이고 비방이라 믿었다.

설마 싶을 때가 없지는 않았다. 그러나 마지막 순간까지 그는 정도전과 이성계를 믿었다. 믿음은 배반당하지 않는다는 우직한 신념의 사나이답게 일체의 의혹을 거두고 두 사람의 행보에 힘을 실어주었다. 그래서 폐가입진까지도 함께한 그였다.

하지만 그의 믿음은 끝내 배반당했다.

정도전과 그 일파의 역심이 명약관화해지는 순간, 그는 패닉에 빠진다. 평생을 함께해 온 지기, 정도전이 대의명분을 부정하고 고려의 대척점에 서 있었다. 그는 대의와 우정 사이에서 대의를 선택한다. 그리고 이전과는 전혀 다른 사람으로 변모한다.

정적 정몽주는 참으로 무서운 상대였다. 부드러운 인품 저 깊숙한 곳에 숨겨져 있던 어떤 마성 같은 것이 한꺼번에 분출한 듯했다. 비록 수하에 변변한 무장 하나 거느리지 못한 그였지만, 정치적 영향력과 폭넓은 대중적 지지를 바탕으로 혁명파를 집요하게 압박해 나간다. 명분에서 밀린 혁명파는 순식간에 지리멸렬 상태에 빠지게 된다. 그는 정도전과 목숨을 건 벼랑 끝 승부를 펼쳐나간다.

마침내 정도전을 비롯하여 조준, 윤소종, 남은 등 혁명파의 핵심들을 모조리 유배 보내는 데 성공하지만 승리 직전에 이방원에 의해 암살된다.

죽는 순간까지도 고려에 대한 일편단심을 노래했던 단심丹心의 충신.

정몽주는 마지막 고려인이었다.

"애들은 아무나 가르친다던가?
자기를 포기하는 자와는 말을 섞지 말고
자기를 버리는 자와는 행동을 함께하지
말라 하였거늘. 자네가 이러고도 남을
가르칠 자격이 있다고 생각하나."

정몽주

3회 · 공민왕의 죽음 후 사직 상소를 올린 정도전에게

"거꾸로 선 세상을
바로 세우기에는 저희들이
너무 나약하다는 것을 깨달았습니다.
강해지기 위해서 패배를
선택했습니다."

정몽주

9회 · 이인임 탄핵 실패 후
유배 길에서 만난 이성계에게

"군주에 대한 충성이
현실이라는 이유로
부정될 수 있는 가치였던가."

정몽주

9회 · 어명을 거역하고 회군한 이성계를 쉽게 받아들이지 못하며

"내일이면 수많은 병사들이 죽을 것입니다.
적어도 그들이 한 사람의 역심에 의해
희생되는 것인지, 아니면
고려의 안위를 위한 한 알의 밀알로
죽는 것인지는 알아야 하지 않겠습니까?"

정몽주

27회 · 회군 후 도성을 치려는 이성계에게 역심의 뜻이 있는지 물으며

"가혹한 정치는
호랑이보다 무섭다고 하지만,
정치는 꼭 필요하고
누군가는 그것을 해야 합니다.
힘없는 백성들이 기댈 곳은
미우나 고우나, 정치뿐입니다."

정몽주

"여지껏 단 한 번도 힘이 있어
싸운 적은 없었네.
내가 믿는 것은 오로지 대의,
내게 힘이란 것이 있었다면,
그것은 대의네."

정몽주

30회 • 자신과 이성계를 대역죄로 죽일 힘이 있느냐는 정도전의 물음에

"제발 백성들의 눈물을
직접 닦아주려 하지 마십시오.
백성들의 마음을 갈구하지 마십시오.
이건 대감이 아니라
군주가 할 일입니다."

정몽주

33회 • 이성계에게 역심을 품지 말 것을 경고하며

"못난 부모라고 외면하면
그것을 어찌 자식이라 할 수 있습니까.
못난 부모라서
더욱 애착이 가고 가슴이 아립니다."

정몽주

34회 • 고려를 지키고자 폐가입진까지 강행하며

"정치의 소임은 절충입니다.
상대를 인정하지 않고
공격을 서슴지 않는 것은
야만이란 말입니다!"

정몽주

35회 • 이색에 대한 탄핵을 철회하지 않겠다는 정도전에 맞서며

"허나 저들은 너무 강하고
소생은 너무나 나약합니다.
괴물을 상대하기 위해
소생도 괴물이 될 것입니다."

정몽주

36회 • 정치 싸움에 휘말려 자신을 잃지 말라는 스승의 충고에

"날 죽이고 내 손목을 잘라
거기에 옥새를 쥐게 하지 않는 이상,
그런 일은 일어나지 않을 것이오."

정몽주
37회 · 옥새를 직접 갖고 오라고 협박하는 이성계에게

"위에서 아래로 흐르는 물이었다면
내 진작에 그리하였겠지.
네가 말하는 역사의 흐름이란 결국
역류, 반역일 뿐이니라."

정몽주

39회 • 역사의 흐름에 몸을 맡기라며 회유하는 이방원에게

"이 몸이 죽고 죽어 일백 번 고쳐 죽어
백골이 진토되어 넋이라도 있고 없고
임 향한 일편단심이야
가실 줄이 있으랴."

정몽주
39회 • 끝내 이성계의 제안을 거절하며 쓴 시에서

李成桂

이성계

한평생 고려인으로서의 정체성을 고민했던
서글픈 경계인(境界人)

최정예 사병집단을 거느린 고려의 맹장이자, 변방 동북면의 군벌.
훗날 조선의 태조. 본관은 전주全州, 자는 중결仲潔, 호는 송헌松軒.

원나라에 귀부하여 대대로 쌍성 지역의 다루가치를 지낸 부원배 집안의
후손으로 함경도 영흥에서 태어났다. 어려서부터 신궁으로 이름이 높았
다. 일찍이 만주와 반도를 넘나들며 고려인과 여진족, 유목과 농경이 뒤
섞인 문화융합의 공간에서 자란 탓에 타민족, 타문화에 대한 이해와 안
목이 넓은 국제인이다. 혈통 상 고려인이지만 어려선 원나라 국적을, 커
서는 귀화하여 고려인이 됐다.
영민하다. 학문이 깊진 않지만 문리는 틔운 사람이다. 학문을 숭상하며
학자라면 나이를 불문하고 스승처럼 대한다. 슬하의 아들들도 무장보단
유학자가 되었으면 하는 아버지다. 특히나 총명한 다섯째 방원에게 무
한한 애정과 기대를 쏟아붓는다.

인간미 넘치는 덕장 중의 덕장

온화한 성품으로 사람의 마음을 움직일 줄 아는 장수. 북방민족 특유의
거칠면서도 정감 어린 투박함이 그의 이미지다. 장수의 풍모에 어울리
지 않는 수줍음을 가진 내성적인 사람. 좀체 내심을 드러내지 않는다.
음흉해서가 아니라 신중해서다. 여간해선 표정의 변화가 없다. 특히, 소

리 내어 웃지 않는다.

태어나서 지금껏 한 짓이라곤 사람 죽인 것밖에 없다는 자책감에 소리 내 웃는 것조차 죄악이라 여긴다. 그래서 정말 반가운 전우를 만났을 때조차 살짝 눈웃음이나 지을 뿐이다.

겸손하다. 지위고하를 막론하고 상대의 말을 귀담아듣는다. 꼭 할 말만, 그것도 아주 간단히 하는 성격이다. 몇 마디 안 되는 그의 말투에서 배어 나오는 함경도 사투리가 무척 정겹다. 그가 걸쭉한 함경도 어투로 이름이라도 불러 줄 때면, 누구든 그의 사람이 된다. 적장조차도 투항하여 그의 수하가 되길 청하는 그런 장수가 이성계다.

최영이 용장이라면 그는 덕장이다. 전장에선 두억시니처럼 싸우는 그이지만 전투가 끝나면 적이라 해도 포로의 예로 대하고 전사자에 대한 극락왕생을 빌어주는 사내다. 막사 한쪽에 늘 불당을 모셔두고 전쟁터에서조차 절이라면 그냥 지나치는 법이 없는 독실한 불교 신자이다.

무뚝뚝해 보이지만 속은 아주 여리고 무척이나 다정다감한 사람이다. 이런 그의 내면은 술이 들어가면 단박에 탄로 난다. 북방사람치곤 주량이 약한 편인 그에게 가벼운 주사가 있기 때문이다.

술이 거나해지면 벗들에 대한 스킨십이 강해지고 말도 많아지고, 감정 표현도 솔직해진다. 북방민족의 노래를 돼지 멱따는 수준의 실력으로 흥겹게 불러 젖히는가 하면 명창의 노래나 명유의 시문을 들으며 눈물을 흘리기도 한다. 하지만 다음 날 새벽이면 언제 그랬냐는 듯 평소의 엄정한 장군의 풍모로 되돌아온다. 시치미를 뚝 떼고 기억이 안 나는 척하지만 실은 창피함에 입술이 바짝 타들어 가는 사람이다. 그래서 술을 썩 좋아하진 않는다.

조국을 배신한 부원배의 후손

그의 조상은 대대로 원이 임명한 쌍성의 천호(원의 지방관직, 군벌)였다. 원의 국력이 날로 쇠약해져 가던 14세기 중반 그의 부친 이자춘은 원을 버리고 고려에 귀화하는 정치적 도박을 감행했다.

1356년, 공민왕의 부름을 받은 부친과 함께 처음 대면한 고려의 수도, 개경은 별천지였다. 척박한 북방의 땅과는 비교도 할 수 없을 정도로 아름다운 문명의 도시. 자신이 이토록 훌륭한 나라의 후손이라는 사실이 내심 자랑스럽고 기뻤다. 그러나 이자춘 부자를 바라보는 고려 조정의 시선은 곱지 않았다. 원이 강성할 땐 부원배로 살다가 이젠 고려의 그늘에 의탁해 살려는 기회주의자로 취급했다. 왕의 겉치레 같은 환대도 잠시, 그들을 기다리고 있는 것은 권신들의 멸시와 조롱이었다. 그리고 귀화의 진의에 대한 길고도 지루한 검증이 이어진다. 그런 그들의 발 앞에 오체투지 하듯 엎드려 머리를 조아리던 아버지, 이자춘.

갓 스물을 넘긴 청년장수 이성계는 억장이 무너졌다. 당장이라도 권신들의 가슴에 화살을 쏘서 박고 싶은 그에게 부친은 입술을 질끈 깨물며 말했다.

"가만 있으라우. 이거이 우리가 사는 길이야. 몽고놈들 세상이 얼마 남디 않았어. 지금 여기 붙어먹디 않으믄 우리 집안은 몇 년 안 가 몰살이란 거 몰간?"

눈물만 흘리는 그에게 이자춘은 한마디 더 거들었다.

"분해도 어떡하가서. 어쭙잖은 북쪽 촌놈들 델구서 왕 노릇을 해 먹을 것도 아이고, 고려왕한테라도 붙어먹어야디. 그거이 우리 운명인 기야."

이자춘은 말년에 삭방도 만호 겸 병마사라는 고려 관직을 제수받았다.

원의 천호 따위에게 병마사는 가당치 않다는 어사대의 간언을 왕이 끝끝내 물리친 결과였다. 이자춘이 죽자 관직은 이성계에게 승계됐다. 어사대는 이번에도 어김없이 난리를 쳤으나 왕은 간신히 물리쳤다. 목숨을 걸고 싸워도 부원배라는 오명과 한 번 배신한 자는 또 배신할 수 있다는 의혹의 시선이 끈질기게 따라붙었다. 이자춘은 죽으면서 아들에게 한마디 유언을 남긴다.

"절대로 정치는 하디 말라. 송충이는 솔잎을 먹어야 하는 기야."

그는 종종 자신에게 되묻곤 했다.

나는 과연 고려인인가? 나는 무엇 때문에 싸우는 것인가?

정도전에게 역성혁명을 제안받다

이처럼 홀대를 받아온 그이지만 외적에 지친 고려는 그를 한시도 가만 두질 않았다. 북방 변경에서 멀리 남도의 해안가까지 그는 참으로 많은 전투를 치러야 했다.

왜구, 여진족, 홍건적……. 죽여도 죽여도 적은 끊임없이 밀려왔다. 승패가 무의미해진 전장에선 아까운 목숨들만 허다하게 죽어 나갔다. 그와 그의 병사들은 고려의 소모품이었다. 자신의 눈앞에서 피를 뒤집어쓰고 죽어가는 부하들을 볼 때마다 분통이 터지고 억장이 무너졌다.

하지만 참전을 거부할 수도 없었다. 전쟁터에 나가 싸우지 않으면 조정은 그의 충성심을 의심할 것이고 이는 곧 멸문으로 이어질 수도 있었다. 전장에 나아가 죽음과 공존하고서야 생을 보장받을 수 있는 운명.

그렇게 어느덧 반백을 바라보는 나이가 된 이성계. 무수히 많은 전장을 누비고 숱한 전공을 쌓았지만 가슴 속엔 허탈함만이 가득할 뿐이다. 백성들이 그를 영웅으로 칭송하고, 저자에선 철없는 어린아이들의 '목자득국木子得國' 노래가 잦아질수록 조정의 견제와 감시가 목을 옥죄어 온다. 그는 그렇게 자신의 죽음이 다가오는 것을 느낀다.

마음만 먹는다면 나라를 뒤엎을 수도 있는 무력의 소유자이지만 반역자라는 역사의 오명이 죽음보다 두렵다. 구차하게 살길을 찾느니 무장으로서 깨끗하게 죽는 것이 장부답다고 믿는다. 그렇게 죽음을 끼고 살기에 더더욱 불교에 심취하는 것인지도 모른다.

하지만 마음 한구석에 왕이 되고픈 욕망이 왜 없었겠는가. 그러나 그는 왕이란 칼만으로 차지할 수 없는 자리라는 걸 알고 있었다. 그리고 그는 정치가 싫었다. 눈에 보이지 않는 적을 향해, 눈에 보이지 않는 칼을 휘두르는 조정의 전투가 그에게는 무섭고 난해했다. 언젠가는 자신도 조정의 세 치 혀끝에서 죽을 운명임을 직감했다.

그때 그의 앞에 정도전이 나타났다. 자신의 마음을 꿰뚫어 보기라도 하듯 형형한 눈빛으로 고려의 현실을 개탄하고 맹자의 역성을 논하는 정도전. 이성계는 자리를 물리치지만, 정도전은 여유롭게 웃으며 한 권의 책을 놓고 떠난다.

다름 아닌 『대학연의』, 제왕의 학문이 아니던가!

한 장 한 장 책장을 넘기는 이성계는 자신의 피가 뜨거워짐을 느낀다.

이때부터 그의 방황이 시작된다.

정도전의 요구대로 혁명의 얼굴이 될 것인가?

정몽주가 바라는 고려의 수호신이 될 것인가?

"전쟁터에서 한 사람도
아이 죽이갔다는 것은 오만입메다.
오만한 장수는 부하들을
몰살시키디요."

이성계

8회 ▪ 동료를 절대 잃을 수 없다는 정몽주에게 충고하며

"힘없는 백성의 목숨을 지키는 거이
나라가 할 일 아입메까!"

이성계

9회 · 왜군을 잡을 토벌대를 보내지 못하게 하는 이인임에게

"참고 기다리는 것두 싸움입메다."

이성계
11회 • 왜군을 먼저 공격하자는 장수들을 저지하며

"무너뜨릴 힘이 없어서
못 하는 게 아이다.
무너뜨린 다음에는 다시 쌓아야 하는데,
내사 그걸 배우지 못했다."

이성계

15회 ▪ 왜 고려를 무너뜨리지 않느냐는 이방원에게

"땅바닥에 시구렁창 깔고 앉아서리,
그 집이 바로 서겠습메까?"

이성계

22회 ▪ 이인임을 사면해 버린 최영에게 맞서며

"혈통이 고운 것도 아이고,
선생처럼 배운 거이 많은 것도 아이고,
고매한 이상을 개진 것은 더더욱이 아이고!
할 줄 아는 거라곤 사램 때려잡는
쌈박질뿐인 놈이 왕이 되문
나라 꼬락시가 어캐 되겠슴메?"

이성계

25회 • 역성혁명을 제안하는 정도전에게 솔직한 심정을 고백하며

"내 한마디만 하겠다.
우린 개경으로 간다."

이성계

26회 ▪ 공요군들에게 회군의 영을 내리며

"이 애비가 맹그는 하늘에는 말이다.
해와 달이 사이좋게 같이 떠 있을 거이다.
첨엔 티격태격 싸우고 난리를 쳐대갔지만
이 애비는 끝까지, 넉넉히 품어줄 거이다."

이성계
37회 • 정도전과 정몽주 모두를 가질 수 없다는 이방원의 말에

"전쟁터에서 적을 이기는 거보다
중요한 게 뭔 줄 아니?
싸우기도 전에 적이 제풀에 항복하게
맹그는 거이야. 그건 칼로 하는 게 아이라
마음으로 하는 것이다.
니는 그 마음이 없어."

이성계

42회 ▪ 이방원을 세자에 앉힐 수 없는 이유를 얘기하며

李芳遠

이방원

"공론을 통한 평화적 왕조 교체? 삼봉, 그건 몽상입니다"
공맹의 도(道)보다 칼의 힘을 더 숭상했던 유학자

이성계와 향처 한 씨 슬하의 5남. 훗날 조선의 태종.
본관은 전주, 자는 유덕遺德이다.

한 씨 소생의 막내로 이성계의 남다른 사랑을 받으며 자랐다. 당대 최고
무장의 아들답게 무예는 물론 격구와 말타기 실력이 출중하다. 하지만
이성계는 그가 유학자가 되기를 원했다. 어릴 적 원천석에게서 유학을
배웠고, 점차 학문이 깊어지면서 부친의 막역지우, 정몽주에게 지도를
받기도 했다. 10년여 터울의 야은 길재와는 한 마을에서 오랜 세월 함께
공부한 망년지교이기도 하다. 1383년 과거에 급제하여 부친의 한을 풀
어준다.

부친 이성계와 달리 그는 태어날 때부터 고려인이었다. 촌스러운 함경
도 억양이나 북방의 야만적인 풍습에 젖지 않은 세련된 개경 사람. 그러
나 그 역시 고려 주류사회의 눈에는 부원배의 후손일 뿐이었다. 어려서
부터 일찌감치 신분적 좌절을 겪었다는 점에서 그는 정도전을 많이 닮
았다.

여우의 간교함과 사자의 포악함을 동시에 가진 인물이다. 어린 나이에
도 정세를 꿰뚫어 보는 지략을 갖췄다. 과감한 실천력과 카리스마는 부
친의 자질을 능가한다. 하지만 부친에게서 딱 한 가지, 덕德만은 물려받
지 못했다. 호전적이고 잔인한 구석이 있다.

정도전과 이성계의 메신저

그는 이성계를 더없이 존경했지만 아버지의 소극적 정치 노선엔 결코 찬동할 수 없었다. 고려를 위해 목숨을 걸고 싸우면서도 논공행상은커녕 견제와 감시의 대상으로 전락해 가는 부친이 안타까워 견딜 수 없었다.

그는 아버지의 정치적 동반자가 되고 싶었다. 그래서 조정에 출사도 미룬 채 이성계를 따라 전장을 누볐다. 아버지의 두뇌가 되고, 눈과 귀가 되고, 동지가 되어 종국에는 고려 최고의 실력자로 이끌고 싶었다. 그러나 이성계는 결코 그의 뜻대로 움직여 주지 않았다.

아버지의 곁에는 언제나 정몽주가 있었다. 이방원이 보기에 정몽주는 아편과도 같은 존재였다. 아버지는 정몽주의 달콤한 언변 속에서 야망을 거세당한 채 한낱 무부로 늙어가고 있었다.

그즈음 그는 함주 막사로 이성계를 찾아온 정도전을 만나게 된다. 그는 정도전의 의도를 간파하고 이성계와 정도전의 가교 역할을 한다. 그는 정도전에게서 인간적인 매력을 느꼈다. 정도전은 공맹의 말을 앵무새처럼 읊어대는 무수한 서생들과 확연히 달랐다. 문무겸비의 호방한 성품에 무엇보다 야망이 있었다. 그리고 그 야망의 종착지가 왕좌가 아니라는 사실이 무엇보다 마음에 들었다. 아버지에게 왕좌를 선사하러 나타난 구세주 같은 인물, 정도전.

그는 정도전을 숙부처럼 극진히 모신다. 함주 막사에서의 만남에서부터 조선 건국에 이르는 지난한 여정 동안 이성계는 정몽주와 정도전 사이에서 끊임없이 방황했지만 그는 일관되게 정도전의 지지자를 자처했다. 그러나 정도전의 눈에 이방원은 솜털도 채 가시지 않은 하룻강아지일 뿐이었다. 특히 그의 잔인하고 호전적인 성격을 간파한 정도전은 가능한 한 그를 혁명 과업에서 배제하려고 한다. 그런 정도전의 의중을 모를 이방원이 아니었다. 때로는 서운하고 때로는 굴욕적이었지만 그래도 참았다.

그는 정도전이 좋았다.

최후의 승자가 되다

고려의 전복이 가시화되어 가면서 이방원은 정도전이 추구하는 방법론에 회의를 느끼기 시작한다. 정도전은 초지일관 선양에 의한 평화적 왕조교체를 주장했다. 무혈혁명.

처음엔 으레 던져보는 정치적 수사겠거니 생각했는데 그게 아니었다. 진심이었다. 피 끓는 약관의 청년, 이방원은 도무지 이해할 수가 없었다. 혁명이란 거사를 정치에 의지해서 평화적으로 이룬다니, 그게 말이나 되는가?

정도전에게 혁명은 그 자체가 목적이 아니었다. 어디까지나 최종적인 목표 "성리학의 이념이 실현되는 이상 국가"로 다가가기 위한 전 단계 내지는 과정에 불과했다. 그래서 정도전에겐 혁명의 성패만큼이나 혁명의 과정이 중요했다. 대의를 잃지 않기 위해서는 천하 공론에 의한 자연스러운 왕조교체가 최선이고, 또한 충분히 가능하다고 믿었던 정도전이었다.

그러나 방원은 달랐다. 그에겐 혁명 그 자체가 최선, 최종의 목표였다. 성리학적 이상의 실현이라는 고매한 목표는 나중의 문제였다. 아버지가 왕이 되어야 하고, 훗날 무능한 형들을 제치고 자신이 왕이 되는 것, 그 이상 또 무슨 목표가 필요하단 말인가? 그에게 정도전의 혁명방식은 너무나도 학자적이고 번잡할 따름이었다. 이 때문에 그는 수단과 방법을 가리지 않고 고려왕조를 뒤엎으려 했다.

기회를 엿보던 그에게 때가 왔다. 정몽주의 예상치 못한 반격에 혁명파가 지리멸렬해진 것이다. 그는 주저 없이 칼을 빼 들었다. 정몽주를 선지교(후일의 선죽교)에서 격살하면서 그는 역사의 전면에 화려하게 등장한다.

이 사건은 정국의 흐름을 단숨에 바꾸어버렸다. 정몽주의 죽음부터 조선의 건국까지는 그야말로 일사천리였다. 그는 자신이야말로 조선 개국의 진정한 주역이라 믿었다. 그러나 세상의 반응은 싸늘했다.

아버지의 분노는 예상했지만, 정도전의 반응은 뜻밖이었다. 원망과 한탄과 조소. 그때부터 정도전과의 불화가 시작되었다. 왕자 방원은 다른 왕자들과 더불어 정국에서 철저히 배제된다. 정도전의 작품이었다.

그런데 방원이 보기에 정도전이 주도하는 나라 조선은 왕의 나라가 아니었다. 왕은 허수아비일 뿐이었다. 절치부심의 그에게 접근하는 사내가 있었으니, 바로 하륜이었다. 정도전에 대한 분노가 가슴에 사무친 개국 반대파의 핵심이었던 하륜의 현란한 언변이 그의 마음을 움직였다.

그는 하륜과 함께 정도전에 대한 복수의 칼을 빼 든다. 정도전 일파가 모여 있다는 송현방으로 향하는 그의 시선엔 일말의 주저함이나 두려움도 찾아볼 수 없었다. 복잡하게 얽히고설킨 실타래는 단칼에 양단하는 것, 그게 그의 방식이었으므로……

"인명은 재천이니 뭐니 하는 말들
모두 위선이오. 사람 목숨은
결국 사람 손에 달린 거 아니었소?"

이방원

"삼봉 숙부께선 꼬인 매듭을 하나하나
풀려고 하십니다. 미련한 방식이지요.
소생은 단칼에 잘라버릴 것입니다.

잘려진 실 조각들을 이어붙이면,
결국에는 하나의 기다란 실이 만들어집니다.
모양은 사나울지 모르나, 결과는 같습니다."

이방원

36회 • 정도전을 공격하지 말라고 정몽주에게 협박하며

"아군에겐 인사, 적에게는 칼,
그게 소생의 신조입니다."

이방원

39회 • 정도전과 이별주를 나누고 돌아온 정몽주를 무시하며

"산에는 대나무만 있는 것이 아니라
비틀리고 꼬인 칡넝쿨도
있는 것입니다."

이방원

39회 · 결코 신념을 꺾지 않는 정몽주를 회유하려 하며

"피 흘리지 않는 대업은 몽상입니다.
대업은 새로운 권력으로
새로운 세상을 만드는 것입니다."

이방원

40회 ▪ 정몽주의 죽음으로
대업의 정당성을 잃었다 말하는 정도전에게

"이건 어디까지나 정치니까요.
좋은 사람과도 뜻이 맞지 않으면
적이 되는 곳이고,
싫은 사람도 뜻만 맞으면 언제나
동지가 되니까요."

이방원

42회 • 정도전이 이방원의 의견에 찬동할 것 같으냐고 묻자

"아바마마, 임금의 재목이
달리 있는 것이 아니옵니다.
이 용상을 차지할 힘을 가진 자가
임금의 재목인 것이고,
이 용상에 앉는 자가
바로 임금인 것입니다."

이방원

50회 ▪ 정도전을 죽인 뒤 이성계를 찾아가 용상에 앉으며

"손바닥 말고,
다른 하늘을 가져다가 덮어버릴 것이오.
충절의 화신, 포은 말입니다."

이방원

50회 • 정도전의 사상을 모두 없애겠다는 이방원에게
손바닥으로 하늘을 가릴 수 없다고 말하자

저 하늘을 열어젖힌 것은
백만대군의 창검이 아니라 바로 꿈이었다.
지금보다 나은 세상이 가능하다는 희망이었다!

자랑스런 삼한의 백성들이여, 이제 다시 꿈을 꾸자!
저 드높고 푸른 하늘 아래, 이 아름다운 강토 위에
민본의 이상이 실현되고, 모든 백성이 군자가 되어 사는
대동의 세상을 만들어 나가자.

인물과 명대사로 보는
정도전

펴낸곳 ㈜콘텐츠그룹 포레스트 **출판등록** 2021년 4월 16일 제2021-000079호
주소 서울시 영등포구 여의대로 108 파크원타워1 28층
전화 02) 332-5855 **팩스** 070) 4170-4865
홈페이지 www.forestbooks.co.kr
종이 ㈜월드페이퍼 **출력·인쇄·후가공·제본** 한영문화사

이 책자는 『KBS 대하드라마 정도전』의 특별 사은품으로 제작되었습니다.